丘をのぼる

松川なおみ

思潮社

目次

装画＝岩阪恵子　装幀＝清岡秀哉

丘をのぼる　松川なおみ

五十日祭

狐の嫁入りの最中
わたしたちはお骨を持って
丘をのぼっていく

晴れているのに
ぴしぴしと雨粒
に
頬をうたれ
時折歩みを止めては
風をこらえる

先に
墓についた人たちが
石を開けているのが
見える
いよいよだと思う

狐の嫁入りの最中だというのに
わたしはお骨を持って
あなたのお骨を持って
丘をのぼっている

だれもいない

マホガニーの机の上に
ほおずきがひとつ
つめたい風が
硝子窓のむこうで
おどっている

池につながれたボート
小波にゆれて
小さなうたをうたっている
春が来るまで終わらないうた

野いちごを
かくすように
落ちている木々の葉
それも
じき雪にかくされていく

あたたかいほおずきの灯が
ほしくて
きつねの子が硝子をたたいても
だれもいない

秋の終わりの森
からっぽの家

夏の始まりの合図

笛の音に誘われて
仄暗い切り通しを
池へと下りていけば
オニクルミの木のしたで
笛を吹いている人がいる

笛の音は
ひつじ草の水面を
すべってひょいと
青い空へと昇っていく

いくつも
いくつも
ひょい　ひょいと
昇っていく

時には
つばめに持っていかれもするけれど
ひょいと空に昇って
きらりと光って

それが夏の始まりの合図

オニクルミの木のしたで
笛を吹く人は
何も知らない

ただ、ただ
笛を吹く

あの町

薬屋のおじさんは、いつもガラスの向こうの
調剤室にいて難しい顔をしている
でも時々おばさんと
くるくるダンスを踊っている

朝になるとまんじゅう屋の煙突から
甘い湯気が上ってくるから
毎日おまんじゅうが食べられる幸せを
空想する

花屋の裏庭で子猫をみつけた
お母さんからはぐれた子猫
花屋のおばあさんが
大事に育ててくれた

生地屋さんで初めて
自分の布団生地を
選んだ時の夢心地

わたしのお母さんはリンゴ売りだから
夏の終わりになると
町外れにひっそり店をだす

リンゴを売って
味噌を買い

リンゴを売って
布を買う

リンゴ売りの娘は
リンゴ売りになるのだと思っていたけど

リンゴ売りの娘は
リンゴのない町にきて
リンゴの香りを
毎日夢にみている

夏の終わりのあの町が
甘い湯気のなかで
リンゴの香りのなかで
くるくる踊っている

雲を見ない人

おじいさんは雲を見ない人だった
それだけはほんとにつまらなかった

百歳になるおばあさんの初めての繰り言

おじいさんは
飛行機をつくる職人で
空も雲も
毎日何遍だって見ていたけどね

一緒に雲を見てくれなかった

だから
おにぎりと水筒もって
ひとりで
山にいくの
雲が面白いからね

のんびりした白い雲が
少しずつ赤くなって
きれいな薄紫になって
そして
暗闇にのみ込まれるときの
凄味ときたら
まるでベートーベン

雲を見ない人には分からない
世界があるの

あわてんぼうな雲
のっぽな雲
気のいい雲
陰気な雲

今日の雲はどうかしら
目がもう見えないから
面白い雲があったらおしえて
ほんとに
おじいさんと雲を見たかった……

百歳になる
おばあさんの初めての繰り言

シエスタ

ゴトゴトと古めかしいケーブルカーで
山を登った
桜の終わった山のまちは
静かに眠っているようだった

大きな谷を見渡せる茶店で
鯖のお鮨をたべて
うぐいすを聞く

風が名残の花片を

まいていく

谷につながる道を
葛籠を背負った薬売りが
歩いて行く

誰かの夢の中に居るのかもしれない
覚めなくてもいいよ
わたしはここにずっと居るから
ここでわたしも
小さな夢を見てみたいから

空をみる

朝の混み合った電車のなかで
すまーとふぉんに取り巻かれて
知らぬ誰かの
こじんじょうほうが
ちらちらと
目の先を
舞っていく

半眼瞑想も

凡夫の身には
難しくて
それで
視線を
しずかに
空に逃がす

ああ
空の
なんと
大きいこと
青という色の
なんと
深いこと

絶対
というものがあるとしたら
それは
空

怒りもなみだも
ないところ

すまーとふぉんに取り巻かれて
ひじ鉄を
喰らいながら
修行もならない
凡夫は
空をみる

「私の青空」なんていう歌が
昔あったことを
おもいだしながら

かえる

蛙の声をききながら眠りたい

夜の田んぼを震わせる
蛙の声
夕暮れの森から
幽かに流れてくる
蛙の声
雨のひるまの
やりきれぬ
蛙の声

真夜中の
怖い時間も
蛙の声で
乗り越えられた
だいじょうぶ
眠っていない
仲間が
たくさんいる

一晩中
蛙の声をききながら
うつらうつらして
いつの間にか
眠っている

そんなことを
してみたいのだけど
人に話せば
笑われるから
とおい町から
蛙に宛てて
通信します

旅人

真夜中に
歌をうたいながら
歩いて行く人がいる
冷たい
雨が降っているというのに

窓を開けて
花束を差し出したら
驚くだろうか
真夜中の

お茶に誘ったら
怪しむだろうか

こどもの頃
ずっと旅人を待っていた
道に迷った旅人が
いちやのやどをと
来るのを待っていた
温かいごはんも
温かいふとんも
いつでもあるのに
だれも訪ねて来ることはなかった

ここは
迷う道もない

ちいさな街だけど
冷たい雨の中を
行く人よ
温かいお茶も
古いレコードもあります
道に迷ったら
来て下さい
いちやのやどをと
来て下さい

雨の日

夕餉の準備に
市場にでかける
墓地を抜けて
長い坂を下って

青い雨がふるふるふるふる
紫陽花のきれいなこと
琥珀糖のよう

市場で
豆腐を買って
酒を買って
鱚は天ぷらに
煎餅屋の女将と
笑い話をする

青い雨がふるふるふる

坂を上る
泥がはねる
琥珀糖を口に
放り込む
小さな梅の実がころがっていく

青い雨がふるふるふる

墓地の入り口に
風鈴屋が
立っている
雨の日におかしいけど

雨はふるふる
そんな一日

つゆ草と昼顔

つゆ草と昼顔の咲いている
路地に
逃げ込んで
そこで知ったんだ
つゆ草と空と同じ色だと

狭い路地にしゃがんで
昼顔の蔓を
自分の指に巻いて

誰もいない

風もこもる路地
（とおいしかくの青空）

つゆ草はなぜ
空の青を選んだろう
それもこんな
真夏の空の青を
（誰かが近づいてくる）

空の青
つゆ草の青
やさしい
昼顔

さよなら

甘露

甘露を口のなかで
ころがす
苦い風が吹き荒れるとき
千の矢を目の当たりにするとき
静かに
甘露を口のなかで
ころがす

ころころころ
大きくなあれ

ころころころ
甘くなあれ

機微を読めないのではなく
読まなかっただけ
降りそそぐ千の矢

ひとり
野の果てに立っているよう

やまない
蟬の鳴き声
甘いしずくを
分けてあげようか

ころころ甘露
ころころころがす
ころころ
ころころ
こころは
こころは

犬のおばさま＊

犬のおばさまがいらしたよ
真っ白なレースを
身にまとい
鈍色の空のかなたから
くるりくるりと
下りていらしたよ

もうじき
夏に遊んだボートも
枯れ葉の積もった

散歩道も
しずかに
しずかに
眠りにつくよ

そうしたら犬よ
おばさまと
白い原を
駆けてお行き
白いレースを
追いかけて
森の木々に
雪の花が開くのを
見ておいで

犬よ
おばさまがいらしたよ
わたしも
なんだか
走ってしまいたいよ

＊昔、雪の別称を犬伯母といったという

初午の夜

真夜中に
太鼓の音を聞いた
旅の夜の
浅い眠りをやぶられて
ぼんやり
耳に残った音を聴く

ああ
きょうは初午だ
深更に

人知れずの祭りが
はじまったのかもしれない
結界がちょっと
ゆるんで
人の耳に
太鼓の音が
届いてしまったのかもしれない

make a mistake

小さくあくびをして
もう一度
夢路を辿ろう
初午の夜だもの
こんどは

少し春のかおりがする
夢路を辿ろう
なのはなのかおり
旅の夜の一興

京《みやこ》

旅の終わりに
ふらり風呂屋に立ち寄った
洗い場には
おばあさんがひとり
からだを洗っていた

高い天井には
大きな窓があって
西日が
きらきらと

おばあさんの上に落ちていた
おばあさんの小さな手は
くるくるよく動き
白い肌を
きりきり磨いていった
西日が
背中を
つるんとすべっていく

脱衣場で
彼女が着物を
羽織ると
きゅきゅと
音をたてて着物が

からだに張りついていく
おばあさんなんて
どこにもいなかった

目の前を
花街の
女がひとり
白いうなじを
見せつけて
いま風呂屋を
出て行こうとしているだけ

おまつりの日

子供たちが
窓の外を
あるいていく

おまつりの日
みんな
鼻おしろいをして
金魚のような帯を締めて

つばめが

低く飛んでいく
風が
森のかおりを
つれてくる

いっておいで
一日
神さまと
遊んでおいで

神さまは
くびを長くして
待ってらっしゃる

約束

もうきっと
田んぼなんて
なくなっているのだろう
古い木の駅舎も
とうにないのだろう
草いきれも
ぽっと灯りのともった家も
薔薇の庭も

雨が降っていた湖

滝を巡った道
大きな一番星
夕日をかかえ
眠りにつく山

思い出したりしないよ
約束だもの
あの日
すべてを
まっくらな狐の穴に捨ててきた

暗い坂を
バスがおりてくる
夏の
にがい

さみしい
かおり
ただぽつりと
夕月だけがみえている

ピアノを弾きましょう

私達は
ピアノを弾きましょう
ドビュッシーを？
シューマンを？
リストを？

いいえ
あかい実を抱いて流れる
小さな川の流れを
こりすの夢を覚まさぬよう

やさしい風を
夕日の落ちる山の向こう
知らない国の景色を
弾くのです

子どものなみだ
とうさんのため息
かあさんの
小さなひみつ
きれいな音で
消し去るのです

そして今
森の奥で
プロポーズした

カワセミのために
弾くのです
私達のピアノ
ピアノを弾きましょう

甘い季節

ジャスミンの花かげで
手をふる人がいる
誰なのか
わからないけど
甘いかろやかな
気分になる

小さな石橋で
ふいに

ツバメと
擦れ違う
橋向こうの
和菓子屋の軒に
今夏も
帰ってきた

店の硝子戸には
水無月
と書かれた半紙が
下がっている
いつもと同じ景色
石橋を渡れば
水のにおいがする

何度迎えて
何度見送っただろう

待ちわびることも
ないけれど
六月は
つめたい夢の底で
抱きしめる
甘い季節

大祓《おおはらえ》

開け放した窓から
雨の音がきこえます
縁側に布を広げて
針仕事をはじめます
まだ慣れない仕事だから
間違えては解いたり
ちくんと指をつついたり
ひとり笑います

庭のスモモの木には

オナガがきています
長い尾羽をふるわせて
ちいさなおつむを
くるくるまわして
初めて雨をみる風情です

だれもいない空に
雲が
流れていきます

きょうは
六月の三十日
針仕事が終わったら
茅の輪を
くぐりにいきましょう

八月

白粉花が開く頃
お豆腐屋さんのラッパが
聞こえてくる

八月は
ノスタルジーの月
帰ってくるものたちの
気配に
耳をすます

お豆腐屋さんをよぶ
遠い声
白粉花の柔らかい
かおり

気配は
ふんわりと
大きくなっていく

オトウフヤサンモメンヲイッチョウ

ふんわりと
抱きすくめられて
風のかげを
一瞬見たような気がして

ラッパの音も
白粉花も
消えて
久しいものたちなのに

やさしいはなし

やさしい人とはなしがしたい
海辺で貝がらをひろいながら
ナノハナ畑で蝶を追いながら
やさしい人と
やさしいはなしがしたい

風に
ながされてくる
やさしいことばを
つかまえて

夜のはじまりのことを
はなしたい

星がのぼって
月がしずんで
花がひらいて
散っていっても
遠いあさひに照らされて
いつか
からだが
風になっても
わたしは
あなたとやさしいはなしがしたい

ひとりであるく

ぶどう畑に
組み込まれた
道と家々
流れていかない時間の中を
ひとりで
あるいている

ときおり
大きな風が吹いてきて
ぶどうの葉が

ゆれる

ふいに
どちらへと
こえがかかる
まっすぐに答えよう
川へいくのです

雲がきれて
ひかりが落ちてきて
ぶどうの葉が
ぴかり
ぴかりと
昇天していく

あんがい
川はもう
近いのかもしれない

ギフト

深呼吸する
歩き出す
カナリア色の傘を
差して

雨粒のにおいがする
いつも
雨の中を歩いていた
湿った土のうえを
つめたい川の中を

遠い音を聴いていた
傘を差さず
森を歩いていた頃
私は
雨が好きだったかしら

カナリア色の傘を
差して
私は歩く
雨粒は
私を包んで
あの森に
届けてくれる

夏みかん

夏みかんを
子供になげやった
さっき
谷からあがってきた人に
もらった
夏みかんだ

子供はやっせっぽちで
ふたりで
砂浜を
走ったりしゃがんだりしている

足下で
大きな波が
どかんと崩れる

あまりにも
あっけない命にみえて
夏みかんを
なげた

子供は
驚いたように
こっちをみている
午後の最後のひかりが
雲間から
落ちてくる

手をふれば
たちまち
走り出す
やせっぽちの
黒い影になって
大きな波の
なわとびを
くぐり抜けて

落花

白い花が
まっすぐに
落ちてきます
なみだのように
はらはらと

傘をさして
あるきましょう
白い花の上を
はらはらと
落ちるなみだの下を

落花はなみだ
わたしの
なみだも
落ちる花

誰かが
傘をさして
歩いているかもしれない

夢解き

母の故郷《くに》では
夢解きは
おんなたちの
大事なたしなみだった

ひとすじの
通い路から届く
ことづけは
真綿のようで
刃のようで

いつもきりきりと
胸がいたむという

母は
冬の夜のおとぎばなしに
ぽつりぽつりと
そんな話をしてくれた
夜はいつも
怖くて
そして
甘かったと

わたしも
夢の通い路に立って
みれば

遙かなる配達人《メッセンジャー》の
気配は
風がただ
伝えるばかりなのだ

お天道様

川の底の小石を蹴って
空を見上げる
木々の隙間から
ちらり
あれは
なに？

知らないことを
知るのは

いつもこんな日だ

喉をすこしゆるめて
息をつぐ

すじみちを歩くのに
飽きてしまった
あの
ほの暗い小道は
外道かしら

麦湯を飲んで
小石を蹴って
また
空を見よう

お天道様が
なにか
おしえてくれるかもしれない

梅香

梅の花の
においだけが
するまちがある
うっすらと
覚えている
暗い店の奥で
こっそり
羽二重を
触らせて
くれたひとの

指さきの白さを
つぶやくような
ささやくような
ことばは
よくわからなくて
こわくて
店をとびだした
梅の花の
においだけが
するまちだった
鐘の音が
けむりのように
ながれていた

結界

集落をはずれ
細い川沿いの道を行くと
屋根のある古びた門が
立っている

門の中には
標縄に鳴子が
ぶら下がっている
どうにも
入ってこられては

困るものがあるらしい

門の外には
大きな滝と
山に入っていく小さな道がある
とぼとぼと
門に入れず
小さな道を
帰って
いくものがある
日が暮れて
帰るあてなどあるのかどうか

風が吹いて
滝のしぶきが

頬にあたる
帰るあてなど
わたしにもない
とぼとぼと
歩いていくあてさえもない

門の中で
鳴子を指で弾いて
帰れぬところへ
帰る夢ばかりみている

消息文

朝早くに
カナブンが持ってきた
消息文は
ひどくおぼろで
かろうじて
あいたい
という文字だけが
残っていた

あさひに
かすれていく文字を
なんども
指でたどった

あいたい
あいたい

忘れないように
忘れても
手繰れるように

夏の朝の
おぼろなきおく
ひとすじの

糸のような
わたしの
きぼう

星の世界

静まりかえった野の道を
一人きりで
帰っていく
夕暮れはとうにすぎて
空は
星の世界になっている

灯りも持たずに
あるいていけるのは
さっきすべてを
観念したから

星の世界から落ちてくる
しずくは
野にしみて
朝《あした》のきれいな花になる

だれがわたしに
ささやくのか
野の花のひみつを

観念するなんて
ちっとも恐いことではなかった
なみだが
ひとしずく落ちたけど

一人きりで
帰る
静かな野の道
空は
あかるい
星の世界

十三夜

十三夜の夜更け
月が高く上がった頃
裏庭の木戸に
立つ人がいる
月見の余韻に
声をかけてみれば
石が泣くのを
きくという
どの石か知らぬが
十三夜の夜更けには

石が泣くのだという
人の声のようでなく
虫の声のようでなく
石の声で
泣くのだという
冴え冴えとした
月のひかりが落ちてくる
裏庭に下りてみれば
人影などなく
冬のかおりの
袖口が
ちらりとみえる
十三夜の夜更けには
石が泣くのだという

あとがき

中学生のとき、国語の教科書に載っていた吉野弘の「奈々子に」という詩に感激して、まねっこの詩をいくつか国語の先生の元へ持っていきました。先生は私の詩に目を通して「詩人になれるよ」とおっしゃいました。詩人って何なのかわかりませんでしたが、図書館の薄暗い棚に並んでいる詩人たちの美しい名前、金子光晴、三好達治、萩原朔太郎、伊東静雄、田中冬二……の中から私は読めそうで読めない「中原中也」という名前を選びました。そして、頁を開いて、詩の形の美しさに驚くと同時に、ぽんと異界へ放りだされたのです。

それから私は一人勝手に詩を書き、時々人に見せたりしました。

夜間の文章を勉強する集まりに、何も知らず詩を持ち込みましたが、講師の門倉訣さんは詩も文章も区別せず受け入れてくれました。私の詩の入り口は、優しさに満ちていました。

しばらくして、月に一回の安西均さんの詩の集まりに誘われ、参加するようになりました。四～五人の小さな集まりで、いつも「下手やな～」と安西さんを苦笑させてばかりでしたが、楽しく詩を書き連ねていくことができました。安西さんがいらっしゃらなくなると、詩は私の手から離れていきました。

詩がふいに戻ってきたのは、十年も経ったころでした。読売カルチャーセンターに「詩の鑑賞と実作」という教室があり、詩人の高貝弘也さんの「北原白秋の詩」の講座がありました。興味を引かれて通ってみると、まもなく講師は池井昌樹さんに交代になりました。池井さんは熱心に、たくさんの詩人の話をされました。中には、かつて図書館の薄暗い棚に並んでいた、美しい名前の詩人たちの話もありましたし、私の知らない詩人の話もありました。池井さんの教室で私の詩の世界はぐっと広がりました。

この詩集に入っているのは、十年間私から離れて、また寄り添ってくれた詩です。様々なご縁があって、おとぎ話のように詩集ができました。『緑蔭だより』でうっとりとした岩阪恵子さんの刺繍により、清岡秀哉さんが夢のような装幀を仕上げてくださいました。お言葉をいただいた池井昌樹さん、編集の藤井一乃さんにもお礼申し上げます。これまで出会った優しい皆さま、ありがとうございました。

二〇二三年初夏

松川なおみ

丘《おか》をのぼる

著者　松川《まつかわ》なおみ
発行所　株式会社思潮社
〒一六二－〇八四二　東京都新宿区市谷砂土原町三－十五
電話　〇三－五八〇五－七五〇一（営業）
〇三－三二六七－八一四一（編集）
印刷・製本　創栄図書印刷株式会社
発行日　二〇二三年六月三十日